Le monstre apparaissant sur les pages 38-39 a été dessiné par Pierre Bourhis.

Maquette : David Alazraki

Couleurs : Marie Galopin

300 rue Léon Joulin, 31101 Toulouse cedex 9, France
ISBN : 978-2-7459-5734-4
Dépôt légal : février 2013
Loi 49-956 du 16 juillet 1949 sur les publications
destinées à la jeunesse

Imprimé en Italie

www.bd-kids.com

Cadène Gaultier

LES PROFONDEURS D'OMNIHILO

Achille

BD KIDS

Achille!
Achille!!
Achille!!!
Achille! Réveille-toi!
Achille, il faut que tu te prépares vite, je dois courir en ville pour du travail.
NIRVANA
Ah!
Mais Maman, c'est Noël.
Justement. Il y a du boulot.

POPS
CHOCO
Tu vas aller chez Madame Maselet. J'ai appelé Sylvie, ils t'attendent.
Je peux rester ici.
Il y aura tes copains de l'école. Tu seras mieux avec eux.
Ce ne sont pas mes copains.
Bien sûr que ce sont tes copains.
TCHOC
Allez dépêche-toi, on part dans 10 minutes.
Je veux pas y aller.
Je ne te demande pas ton avis. Ne rends pas les choses plus difficiles.
Super, les vacances.
Quoi ?!
Rien !

J'ai demandé la playtendo.
C'est pas pour les filles, les playtendo.
N'importe quoi, j'en ai une moi.
T'as tout, toi. C'est pas pareil.
N'importe quoi.
Je dis juste que la playtendo c'est pour tout le monde.
HUGO
CHOCOS
T'espère que j'en aurai une. T'as commandé quoi, toi ?
un I-Tab.
HUGO
MUSLIS
Sérieux ? La chance !
HUGO
Pas sûre que je l'aurai.
T'as toujours tout ce que tu veux.

Surprise les enfants! Achille va passer la journée avec vous.
Salut.
Salut.
Salut.
Salut.
Bon et on se dépêche de finir ce petit déjeuner.
Mais Sylvie, c'est les vacances!
Parle pour toi. J'ai du boulot moi.
Allez allez!
Et après, on fait quoi?
On faiblit.
Julie, ton cousin est toujours aussi fin.
Gna gna gna gna.
On pourrait aller au pigeonnier.
Ça va pas?!
C'est quoi le problème?
Ça fait peur. Personne y va. Même nos parents n'y allaient pas.
T'en sais rien.
Y aurait un squelette dedans et peut-être un fantôme.
N'importe quoi ça n'existe pas les fantômes.
OK. On y va!

On va chercher Karim d'abord.
Karim!
Karim!
Vous faites quoi?
On va au pigeonnier!
Sérieux?
J'arrive!
Yaa!
Hey Hugo! Le pigeonnier, c'est pas le truc où il y a le mort?
Si!

Personne n'y va?
Il paraît qu'il y a des serpents dans ces herbes.
Des morts, des squelettes et maintenant des serpents...
PFF...
Mon petit cousin, il serait pas peureux?
Ben vas-y alors si t'es si forte.

ACHILLE?!
c'est quand même un prénom bizarre Achille, non?
C'est comme "Victoire"! C'est bizarre.
Non c'est beau!
Taisez-vous!
venez voir vite!!
quoi?!
!?
ça!

Qu'est-ce que c'est?
Une blague. Y a rien.
?
C'est à Achille que je demande.
Julie a raison, Karim. C'est juste une blague débile.
C'est juste un trou bouché.
Si tu regardais mieux, tu verrais que tu dis n'importe quoi. C'est pas bouché.
Mais pourquoi c'est lumineux?

Fais attention
à ne pas
tomber dedans.
Regarde!
!
Alors???

Alors rien. La pierre est dedans et c'est même pas profond.
Alors c'est un trou? Et c'est éclairé comment?
J'en sais rien. T'as qu'à venir voir, peureux!
Vous croyez que c'est dangereux?
Je sais pas. C'est un peu bizarre.
C'est clair! On devrait pas avertir les grands?
Ah non! Pour une fois qu'il se passe quelque chose!
Il nous faut des cobayes.

DING! DING!
Vas-y. Jette-les dedans.
Karim! On repasse te chercher après le déjeuner!
On verra bien si ils sont toujours vivants.
J'espère bien!

DING! DING!
Dépêchez-vous. Vous étiez où?
On était dans le bois. On va peut-être faire une cabane.
Vous allez surtout attraper froid!
On fait des cabanes en été pas en hiver. Cet après-midi nous ferons des jeux de société.
QUOI?!!

On a dit à Karim qu'on le retrouverait cet après-midi.
Il pourra venir jouer avec vous. Je téléphonerai à sa maman.
Mais Sylvie, c'est nuuul, les jeux de société !

Il faut absolument qu'on y retourne!
On doit garder le secret maintenant.
On devrait peut-être le dire à Mamie quand même.
Elle ne comprendrait pas.
Et elle le dira aux parents.
Tu dois la convaincre de nous laisser jouer dehors cet après-midi.
C'est bien silencieux ici! Que se passe-t-il?
?!
?!
?
?
MAMIE!!!

Bonjour, les enfants.
Je reconnais la voix de ton amie Victoire, Julie, mais je n'entends pas Achille.
Bonjour, Madame Maselet.
Bonjour, bonjour, ils ne te font pas trop de misères? Sylvie m'a dit que vous avez passé la matinée dehors. Vous faites des cabanes?
Heu... oui, on est allés dehors, pour faire des cabanes.
Ils vont s'enrhumer, à deux jours de Noël.
On veut retourner dehors. On doit retrouver Karim.
Mais oui, bien sûr.
S'ils se couvrent bien, qu'ils jouent dehors pour une fois qu'il ne pleut pas. Laisse-les en profiter.
Bien Madame.

Vous l'avez loupé. Il m'a dit qu'il partait vous retrouver.
Il était pressé !
Il aurait dû nous attendre !
C'est clair.
C'est pas sympa !
Karim ?!
Karim ?!
Karim ?
Qu'est-ce que tu fais ?!
HO !
AH !!
!!

Mais qu'est-ce qu'il fait aussi bas ?
Aidez-moi, on va le remonter.
Ha ! Ha ! Ha ! Venez !
?
Venez tous. C'est incroyable !
C'est comme être dans l'espace.
C'est pas normal ! C'est pas normal !
Regarde ! Il va bien.

C'est incroyable! C'est quoi?
C'est l'espace mais sous terre, C'est génial!
On peut respirer, alors je sais pas ce que c'est, mais c'est pas l'espace et je ne suis pas sûr que ce soit génial!

Si on parle à quelqu'un, on peut dire adieu à tout ça.
Et si c'est dangereux?
Tu vois bien que ça ne l'est pas.
T'en sais rien.
Achille?!
!
!
!

Je n'en sais pas plus que toi, je te dis...
Je vous ai entendus, j'ai tendu la main et ça s'est ouvert.
Oh là là... Ça aurait pu être terrible. Moi je descends plus sous la trappe. C'est trop risqué.
N'importe quoi. Regarde, il va très bien.
Vous croyez que c'était quoi cet œuf ?
Je crois que j'ai une idée...
...Mais vous allez dire que je suis fou.

On était là, c'est déjà fou.
Déjà c'était pas un oeuf, c'était un cocon. Et je crois que c'est moi qui l'ai fait.
Je commençais à être très angoissé, alors j'ai eu une réaction...
...ce que je fais quand j'ai peur, mais d'habitude cette espèce de cocon c'est qu'une idée, pas un truc vrai.
Bin là c'était en vrai.
Comment t'as fait ça?
J'en sais rien.
La prochaine fois, faudra nous montrer.
Julie, Hugo, vous n'y retournez pas sans nous.
Promis!
Vous ne me prenez pas pour un fou?
Tu as créé un oeuf.
Parce que tu avais peur. On te prend pour un peureux, pas pour un fou.

La semaine prochaine, Victoire est au ski. On ne pourra pas y retourner avant le samedi après la rentrée. Je suis dégoûtée.
Tu crois pas qu'on devrait en parler aux adultes?
Mais ça va pas dans ta tête?!
Hugo mon chéri, je ne vois pas, mais je sens bien qu'il y a quelque chose qui te tracasse.
Raconte-moi.
Je peux pas mamie.
Plus tard, peut-être... Plus tard.
?

ACHILLE!!
ACHILLE!!
ACHILLE!!!
Achille?! C'est Noël aujourd'hui tu avais oublié ?
WAAW!!!
Ça te plaît ?
Merci ! Merci ! Merci !
J'ai déjà mis ta musique dedans.

Victoire WAAW!! T'es super bronzée.
T'as vu? Classe, hein?
Bon alors on y va ce week-end au pigeonnier? J'ai pas arrêté d'y penser.
DRIIIIIIIIIIIIIN
Excusez-moi.
Va vite t'installer Achille.

DDDRIIIIIINNNNN
C'est la récréation, Achille.
Holala, j'y vais! J'y vais!
POUF
Est-ce que tout va bien chez toi? Ta maman?
Oui, oui. Elle a trouvé du travail pour les fêtes et ils la gardent pour les soldes.
Bien, allez, va jouer!
On y retourne samedi. Tu viens avec nous pour nous montrer comment on fait?

Enfin le week-end !
C'était la semaine la plus longue de ma vie.
Pour demain, c'est bon hein ?
Oui, oui je serai là.
J'ai trop hâte.

Je suis contente que tu t'entendes bien avec Julie et Hugo.
Ça va.
Je veux que tu sois gentil avec leur grand-mère. C'est une personne fragile et très âgée.
Elle est toujours très gentille, tu sais.
Maman, elle est solide, elle est futée et en plus elle a Sylvie pour s'occuper d'elle; alors ça va. Franchement, je t'assure, elle a pas l'air fragile.
Oui, eh bien ce n'est pas une raison. Parfois on est plus fragile qu'on en a l'air.
Je suis gentil avec elle.
J'espère bien.

PFF... J'arrive à rien!
Tu penses à quoi?
CRiiiii
CRiiiii
Une playtendo.
Je voulais un chien. Rien ne vient. Essaie, toi.
Pas de chien.
T'es nul. Tu sais faire que des cocons.
Et toi, tu sais rien faire du tout!
Et toi, Hugo?
Je sais pas quoi imaginer.

J'ai réussi, j'ai fait un cube en or!
Et ça? C'est qui qui a fait ça?!
?
C'est moi... Je voulais essayer quelque chose.
Oh pétard!
Quoi, quoi?
C'est bon quoi, c'est juste une porte. Moi, j'ai fait un cube en or!
Extraordinaire! On peut tout faire.
Y a quoi derrière?
Vous êtes prêts? J'ouvre...

Oh!
!
!
Moi j'y vais. Je connais très bien cette mer.
WOOOO
VLAN!
GNNNN...

Il a encore disparu!
Hé! S'il s'est noyé?! Oh là là! S'il ne revient pas? Qu'est-ce qu'on va dire?
Pourquoi il a dit: "Je connais très bien cette mer"?
Parce qu'il est fou.
HHIIIINNN...

HIINN...
Voilà, j'ai décidé que ce serait mon entrée.
Ton entrée? Pourquoi ton entrée?
Parce que c'est mon monde à moi qui est là-derrière.
CLAC!
Arrête Achille! Tu me fais peur!
Y a pas de raison. Toi aussi tu peux créer ton monde.
J'ai fait un cube.
Ça va, on l'a vu ton cube. Lui, il a fait une mer.
Et il veut pas qu'on y aille.

Elle a dit quoi ta mère pour la poche trouée?
Elle était pas contente. Je me suis bien fait...
Karim! Ça ne t'intéresse pas la division?
Pardon monsieur.
J'ai cru que tu pourrais jamais sortir.
C'était juste le cube qui ne pouvait pas sortir et qui me retenait.
Et qui a déchiré ta poche.
Je suis dégoûté si tout ce qu'on fait doit rester sous la trappe. En tout cas, c'est la honte, cette poche trouée et maman qui ne veut pas la recoudre.

J'ai imaginé des trucs que je veux, mais y a rien.
Tu dois imaginer quelque chose d'original.
C'est pas original un cube doré.
Il a sans doute imaginé une combinaison unique. Il faut que tu visualises. Tu peux pas juste te dire "je veux une moto". Ça existe déjà.

!
!
?!
Arrête ça!!
Oh Non!
Renvoie-le! Renvoie-le!
Dégage! Dégage!
C'était quoi?
Son monstre à lui. Quand il était petit, il le dessinait tout le temps.
Il est venu de ton univers à toi. On a tous notre monde quelque part là-dedans. C'est sûr.
J'ai plus trop envie de l'explorer maintenant.

C'est nul, on fait des petites formes pendant qu'Achille joue dans son monde et que Hugo essaie d'imaginer sa porte.
Moi, j'ai peur d'imaginer des animaux, même si Achille dit qu'ils ne peuvent pas nous faire de mal.
J'en ai marre de cette histoire d'avoir un monde à soi.
Je crois bien que j'ai trouvé ma porte. Samedi je te montrerai.
Regarde Achille, là-bas.

Maman?!
Maman?!
Ah! Tu es là. Ça va?
Hm... ça va.

Levez-vous! Dressez-vous!
...Aux confins du monde!
C'est bien cool.

Nous, on arrive à rien, et lui, il passe son temps là-dedans.
J'en ai marre!
Il faut juste qu'on trouve notre porte.
Vous ne les trouvez pas parce que vous avez peur de tous les monstres que vous avez imaginés avant.
C'est pas vrai!
Demande à Julie, demande à Hugo. Même toi t'as peur.
Moi je sors, j'en ai marre. Oui j'ai peur. Voilà. T'es content?
Moi aussi!
Achille! Remonte! Viens!

SNAP!
Tu as passé une bonne journée?
Oui ça va.
Je vais me coucher
Je suis fatiguée...

ECOLE
ECOLE
ECOLE
DDRRiiiiiiiNNN!!!
Achille!?
Oui Monsieur?
Madame la directrice m'a parlé de ta maman... Qu'elle est très fatiguée.
Elle fait une dépression, Monsieur, mais ça va aller, merci.
Tu es sûr?
Bien sûr.
Ne vous inquiétez pas.

Allons-y! Un, deux, trois!
Récapitulons ce que nous avons appris: Quand nous sommes à l'intérieur de notre monde, la porte reste là.
Et n'importe qui peut l'ouvrir. On ne peut pas bloquer totalement l'accès. C'est bête d'ailleurs, mais ça oblige à créer des protections.
Moi, j'en ai plein, c'est trop cool. Dans le monde des autres, on ne peut pas faire grand-chose, c'est nul.
Mais on peut prendre des objets de notre monde. Karim a pu emporter son cube doré dans le monde de Julie.
Et aussi dans celui de Hugo.
C'est bon, on a compris! Moi je comprends pas. Tu veux pas qu'on joue dans ton monde. C'est le plus grand.
C'est plus drôle de jouer ensemble.
Vous voulez venir sur mon circuit aujourd'hui? J'ai eu de nouvelles idées de véhicules!
Sans moi. J'ai des trucs à faire dans mon monde. Amusez-vous bien.

On se retrouve tout à l'heure.
Si tu nous fait attendre comme la dernière fois, on t'attendra pas et tu te débrouilleras pour rentrer chez toi.
PFF... J'habite à trois rues d'ici.
Wééé!
Ah! Ah!
Wouuhouuuu!!
Ho! On est déjà en retard. Il faut rentrer.
Qu'est-ce qu'il fait? Mon père doit déjà être là avec ta grand-mère et ils doivent nous chercher partout. Il faut sortir.

Victoire! Tu as vu l'heure?
Oui Papa.
Ça fait une demi-heure que je suis là. Je m'inquiétais.
C'est à cause d'Achille.
Hugo, ne t'en mêle pas.
D'ailleurs où est-il?
Il est rentré chez lui comme Karim.

DRRIIIIINN!!
Julie! Ta grand-mère veut te parler. C'est à propos d'Achille.
Qu'est-ce-que vous avez encore inventé comme bêtises?
...Je comprends, je comprends. Et vous comment allez-vous? Est-ce que vous avez eu le médecin dont je vous ai parlé?

Bien, je vous rappelle dès que j'ai parlé aux enfants.
C'était la maman d'Achille. Il n'est pas rentré. Où est-il?
Il va falloir tout me dire.
On jouait et il voulait pas rentrer. On est partis et on l'a laissé, c'est tout...
Dans le parc?
Mais heu... mamie...
Il est dans le BLANC, n'est-ce pas?
Je connais bien Omnibilo. J'y allais quand j'étais petite.
Om... quoi?!

DRRRiiiNG!
Allô?
Formidable. Comment va-t-il?
Je vois... Restez calme... Oui, c'est le mieux à faire, il doit être très fatigué.
Achille est chez lui. Il dort.
Clic.
Pourquoi tu as l'air inquiète?
Parce que je crois qu'il est toujours là-bas dans Omnihilo.
Il est chez lui ou là-bas? Je ne comprends rien.

Explique-nous, Mamie.
Je pense qu'Achille a décidé de rester dans son monde. Omnihilo a renvoyé son corps et a gardé son esprit. Quand vous retournerez dans le blanc, il n'y aura plus son passage. Il n'y aura plus rien.
Jamais j'y retournerai!
Je comprends... Omnihilo n'est pas sans danger... Et ce n'est pas quelque-chose que nous pouvons expliquer ni à sa mère ni à personne d'autre, parce que vous êtes les seuls à pouvoir y aller et je suis la seule à pouvoir vous croire.
Comment est-il rentré chez lui?
Mais ce n'est pas sûr qu'il soit encore dans Omnihilo, il est peut-être rentré tout seul.
Omnihilo l'a naturellement renvoyé dans le lieu qu'Achille associe le plus aux rêves: son lit. Il y a 1000 passages pour Omnihilo.
Nous serons fixés demain matin.

DRRiiiiiiiiNNG!!!
DRiiiNG!
Votre grand-mère veut vous voir tous les deux.
Achille dort toujours.
Il se réveillera quand?
Il se réveillera quand il aura décidé de quitter Omnihilo. Il faut y aller et le persuader de revenir.
On n'a pas le choix. Il faut avertir Victoire et Karim.
Je vais vous expliquer comment retrouver sa porte.

C'est incroyable que ta Mamie soit au courant.
Elle y allait quand elle était petite, quand on grandit, on peut plus entrer.
Sauf si on y est enfermé.
Je suis sûr qu'Achille a juste une maladie.
Il ne s'est pas réveillé. Il est enfermé là-dedans.
Allez ! On y va.

TIN !

Mamie avait raison. On a pu entrer dans le monde d'Achille.
Karim. À toi de jouer.
Allez cube, Vas-y! Fais-nous 4 Karim-Surfs.
On y va!
J'ai le vertige. Il doit y avoir un autre moyen...

C'est peut-être mieux si je reste à la porte. Au cas où elle fermerait. C'est moi qui ai pu l'ouvrir.
Ok, et puis on a juste besoin de trouver Achille.
Tu pourras avertir Mamie si on ne revient pas?
QUOI?
Allons-y!
ZIOOUU...
ZOOM
On ne sait même pas si c'est la bonne direction!
C'est le plus logique!
Justement...
ATTENTION!
WWOOOO...

?
?
Qu'est-ce que...?
Le voilà.
Comment avez-vous pu entrer?
Tu dois revenir, tu es à l'hôpital. Ta mère s'inquiète.
Maman sera mieux sans moi.
N'importe quoi! T'es peut-être intelligent mais t'es vraiment trop bête.
J'ai pas de temps à perdre avec vous. Il y a quelque chose qui ne va pas ici... quelque chose qui semble détruire le blanc.
Omnihilo.
Quoi?
Omnihilo. C'est comme ça que ça s'appelle.
Ouais, eh ben y a un truc qui le bousille l'Omnihilo.

... Et puis il a disparu! C'était incroyable! Il est sorti par la trappe mais il n'est jamais arrivé de l'autre côté.
Normal, j'ai réintégré mon corps dans ma chambre.
Un jour tu pourras le faire dans les deux sens, peut-être.
Pourquoi lui et pas nous?
C'est vrai, pourquoi pas vous... Mais la plupart des gens n'y arriveront pas. Jamais. Moi je n'y arrivais pas non plus.

Vous devez me dire ce que vous savez.
Nous dire!
Il y a quelque chose qui engloutit le blanc, quelque chose de gris, de mou.
C'est pas le blanc. C'est Omnihilo.
Justement, il faut que je sache ce que c'est Omnihilo.
Pourquoi tu t'en soucies tant?
Parce que c'est mon univers qui est là-bas.
Ton univers, il est dans ta tête Achille. Il est partout avec toi.

Ça va détruire ce que j'ai construit, je ne le laisserai pas détruire ce que j'ai fait.
Ce n'est pas dans ma tête ! C'est réel, c'est dans le Blanc !
Si tu pouvais voir ça. C'est incroyable ce qu'il a fait.
Tu n'as rien vu.
Omnikilo, c'est la matière de notre imagination. C'est là que se construisent nos rêves à tous.
Nous y avons chacun des espaces, des objets, des mondes, des portes. Je sais ce que tu ressens, Achille, j'avais moi-même un bel endroit là-dedans. Je sais qu'il y est toujours et parfois quand je suis sur le point de m'endormir, c'est là-bas que je vais.
Là-dedans, je voyais comme je vois dans ma tête... C'était juste après ma maladie...
Il faut protéger Omnikilo, l'apprivoiser. Mais ce n'est pas un endroit où on peut vivre.
Et pourquoi pas ?
Parce que ce n'est pas là qu'est la réalité.
C'est mieux que la réalité.

Tu es en colère, Achille. Dans Omnihilo, tout est facile mais on s'y perd. On se rabougrit si on ne sort pas.
Ton imagination, elle se construit ici, pas là-bas. C'est ici qu'on se nourrit.
Mon imagination est déjà riche et dans le Blanc je n'ai pas faim.
Et quand ton corps n'aura plus de force, qu'il ne sentira rien, que restera-t-il de toi, là-dedans, là-bas?
Mamie? Tu dis qu'il ne faut plus y aller?
Pour le moment je dis que, si Achille a raison, qu'Omnihilo est attaqué, c'est que ce que nous redoutions est arrivé.
Ce que qui redoutait? C'est grave?
C'est plus que grave... Si Omnihilo est détruit, c'est toute l'imagination du monde qui disparaît. Et sans imagination, que sommes-nous? Dans la famille, je suis la dernière à avoir été initiée à Omnihilo. Probablement l'une des dernières d'Europe.

Ça se transmettait de génération en génération.
Nous devions veiller à Omnihilo. Explorer, apprendre. Nous y étions formés.
C'était un savoir millénaire fondé sur l'idée qu'Omnihilo était notre richesse la plus précieuse mais aussi ce qui pouvait nous anéantir.
Moi, quand j'y allais, les autres accès ailleurs dans le monde avaient tous été abandonnés petit à petit.
Ma mère, mon grand-père et quelques autres ont choisi de condamner celui-ci en voyant l'Europe se préparer à la guerre.
Ils ne voulaient pas qu'on puisse salir la matière de l'imagination, ils disaient que c'était ce qui pouvait nous sauver. Que si Omnihilo était perdu, il n'y aurait plus d'espoir. Je crois qu'en s'ouvrant à nouveau Omnihilo appelle au secours.
Alors, nous devons répondre à l'appel.

Je vais y retourner. Vous direz à ma mère que je passe le week-end ici.
Nous venons avec toi !
Est-ce que tu es sûr de ce que tu as vu, Achille?
Il faut que j'y retourne. Et puis d'abord, qu'est-ce qui pourrait m'arriver?
Que tu y restes perdu, enfermé.
On n'a pas le choix, Mamie!
Je vous interdis d'y retourner.
Mais Madame! Vous l'avez dit vous-même! Le monde pourrait être détruit.
Ce n'est pas ce que j'ai dit.
Mais Mamie?!
Tais-toi! Vous ne retournerez pas là-bas! Vous n'avez pas été formés pour ça! Je vais dire à Sylvie de fermer le pigeonnier.

Je fermerai le pigeonnier demain.

DRiiiiiNN

Achille a oublié d'emporter des affaires propres pour le week-end je suis désolée, je n'y avais pas fait attention.
Mais ?! Madame... Achille n'est pas ici.
Comment ça il n'est pas ici ?!
Je...
Il est au fond du jardin avec les autres.
Merci pour les affaires, il est un peu grand pour celles de Hugo. Allez-y on s'en occupe, ne vous mettez pas en retard.

Il va falloir rouvrir le pigeonnier, Sylvie.
Mais...
Tout de suite.
CHOCO
Il faut retourner chercher Achille.
Quoi ?!
Vous allez me rendre folle, je ne sais plus ce qu'il faut faire.
J'avais pensé qu'Omnihilo serait un magnifique terrain de jeu pour vous et maintenant j'ai peur de vous avoir ouvert les portes d'un piège.
Je n'aurais pas dû vous expliquer. Je n'aurais pas dû vous laisser y aller. Mais je ne peux pas y laisser Achille.

Cette fois-ci, d'après Mamie, il ne sera pas dans son univers. Il se cache ailleurs dans Omnihilo, à la recherche du danger dont il a parlé.
Mais comment est-ce qu'on va le trouver?
Grâce à ça!
C'est une blague?
C'est sa brosse à dent!
Et alors?
Mamie dit que ça devrait m'aider à le retrouver.
On verra bien. Allons-y maintenant!
Ça serait bien qu'il arrête de jouer perso!

C'est maintenant ou jamais.
Bidon.
Tu crois pas que tu devrais dire un truc ?
Conduis-nous à Achille, brosse à dent.
HO!
C'est incroyable.

Qu'est-ce que tu fais ?
J'essaie de comprendre Omnihilo. Je cherche la trace d'Achille.
Mais qu'est-ce que tu racontes ?
?
Je vois les niveaux, les univers communs, les passages. C'est comme un GPS...
!
!
!
Allons-y !

Vite ! Avant que je perde la trace !
!
Où sommes-nous ?
C'est carrément flippant ici.
Achille est venu ici.
Ouais, ben il n'y est plus.
Par là !

On peut pas rester là.
Il est là.
Je le sens pas ce truc.
Achille! Achille!
Tu ne le repères plus?

Très faiblement.
Ça sent pas bon.
Comment on va rentrer à la maison?
Je crois qu'on va avoir besoin de mes surfs... Ici tu n'auras pas le vertige, Julie. Y a pas de sol.
Achille! Achille!
Là...

!
Ils vont revenir.
On va te sortir de là.
Qu'est-ce que tu fais là ?
On verra plus tard les questions.
Laissez-moi là ! Fuyez !
GNNN.
Arrête de faire ton martyr. Laisse-moi faire, plutôt.
Mon petit cube, fais donc une deuxième peau à cet abruti.

Gonfle!
PAW!
Dégage de là, vite!!
C'est quoi ça encore?
Notre porte de sortie!

Merci!
Maintenant on oublie Omnihilo.
Tu peux oublier Omnihilo, mais le truc qui l'attaque lui, ne l'oublie pas... Et quand ce truc dévorera ton imagination, tu deviendras quoi?
!
!
!
!

JOURNAL D'EXPLORATEUR ~~DU GRAND BLANC~~ OMNIHILO

oublié le goûter. Je me sens vraiment <u>bien</u>.

Je commence à bien comprendre tout. Mon univers est vraiment très classe. :-)

J'ai pensé que je devais faire une carte car il devient vraiment très grand.

J'ai décidé de mettre mon univers dans une sorte de tube. Je voudrais que Maman puisse venir. On serait mieux tous les 2 ici.

J'ai inventé 4 nouvelles fleurs aujourd'hui

La Rougagnole

la Nirvana

la David [redacted] Bowie et la ratée mais jolie !

de travail et elle est trop triste. Elle croit que je vois pas mais je vois très bien, et c'est exactement comme quand Papa est parti. Je sais bien que c'est encore plus difficile parce que je suis là.

Aujord'hui j'ai inventé un arbre-Maman. Comme ça elle sera toujours avec moi.

X Karim a fait un chouette jeu dans son univers, il est fort en trucs marrants.
Hugo il fait presque rien. Il a peur de ce qu'il pourrait faire depuis qu'il a fait un monstre. Il a peur de ce qu'il y a dans sa tête, alors il fait pas trop de trucs.
Victoire voulait pas que je voie son univers, elle est jalouse je crois. Finalement j'ai pu voir et c'est

trop un truc genre un salon de fille dans la nature, c'est nul, c'est tout rangé.
Julie elle a fait un truc genre vraiment bizarre et je pense qu'elle nous a pas tout montré. C'est le seul univers qui est comme une sorte de maison ou de grotte. Un truc fermé mais où on se sent bien et puis elle a fait une sorte de toboggan qui monte dans un tube qui est trop cool. Quand tu sors c'est en dessous de là où t'es parti, c'est une trop bonne idée.

JE DÉTESTE L'ÉCOLE!

:-(

ici ce serait beaucoup mieux.

On croyait qu'on pouvait pas ouvrir les portes des autres, mais en fait c'est trop facile, il suffit de demander.

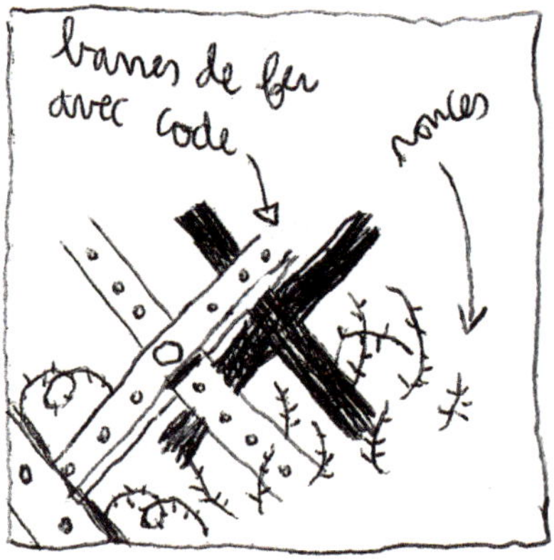

Et quand quelqu'un voit la porte de quelqu'un d'autre apparaître, on peut pas la faire disparaître quand on est dedans son univers. Je suis sûr qu'il y a un moyen. Il faut que je trouve. En attendant, comme je veux pas qu'ils viennent tous dans mon univers quand j'y suis pour m'espionner. Il faut que je fasse des protections. Je pourrais mettre tout ça sur une île flottante. Et puis

mettre des ALARMES et faire DES MURS DE MER!

pas les mêmes besoins j'ai fait des expériences et maintenant je suis sûr de moi. Je vais rester. Si ce que je pense est juste si ils reviennent après être partis ils ne pourront plus voir ma porte.

Et puis même si ils voyaient, ils ne pourraient plus me trouver. Aujourd'hui j'ai inventé la porte de poche. C'est trop cool, c'est comme une porte qui tient dans la poche comme un mouchoir

Avec ça je peux aller partout, je pense même que je dois pouvoir escplorer un peu mieux le Blanc. Mais pour ça il me faut du temps.

Enfin tranquille. 

J'ai fait une première exploration réussie en dehors de mon univers et dans une autre partie du Blanc. J'ai découvert un espace qui me semble être une sorte de portail ou quelque chose comme ça. En fait le Blanc est très complexe on dirait. La porte de poche fonctionne super bien.

Il faut que je m'imagine une maison maintenant si je dois rester ici pour toujours.

J'ai découvert des choses vraiment très étranges. Il y a quelque chose qui ne va pas dans le Blanc.
Il faut que j'explore et que je fasse attention.

Pour aller dans le portail chercher

"AILLEURS EN DEHORS"

"Le blanc Omnihilo"

"Le Gris"

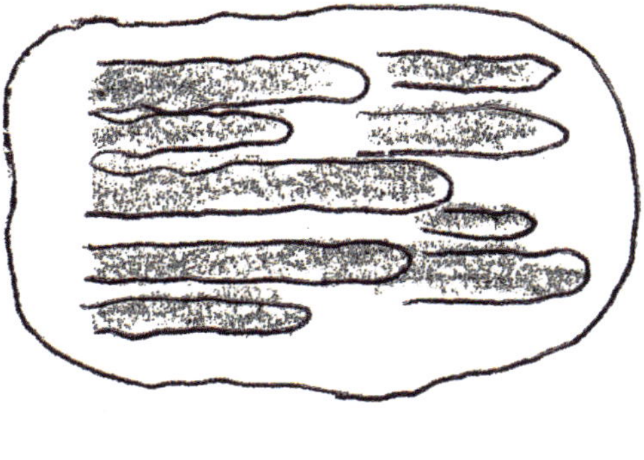

me chercher. Je pensais qu'ils ne trouveraient pas [redacted] la porte. Ils ont reussi à la faire apparaître et il veulent pas me dire comment, c'est une catastrophe, on ne peut pas être tranquille, je ne comprends pas comment ça peut être aussi facile. Ils ont voulu fermer le "blanc" qui s'appelle Omnihilo mais je me suis laissé enfermer dedans. Ils ne comprennent rien. J'ai [redacted] été par le truc Gris.

Il faut que quelqu'un protège **OMNIHILO!**

Et [redacted] puis Madame Marzelet dit que quand on est ado on peut plus venir ici et j'ai entendu aux infos qu'on est ados de plus en plus tôt maintenant et qu'il y en a même qui sont comme [redacted] des ados à 11 ans et c'est pas possible parce que j'ai 11 ans l'année prochaine :-(et que je peux pas abandonner mon univers ici et en plus il est pas fini.

JE [redacted] REPARS EXPLORER.